AF356044

VENTE

du Mardi 27 Novembre 1906

HOTEL DROUOT — SALLE N° 10

A DEUX HEURES ET DEMIE

DESSINS - TABLEAUX

Gravures

SCULPTURES

Objets d'Art

COMMISSAIRE-PRISEUR
Mᵉ Raymond PUJOS
29 — Rue de Maubeuge — 29

EXPERT
M. Robert GANDOUIN
40 — Avenue Wagram — 40

EXPOSITION PUBLIQUE

Le Lundi 26 Novembre 1906, de 2 heures à 5 heures 1/2

IMPRIMERIE ARTISTIQUE
C. CHAUFOUR
RUE MILTON 8 ½
PARIS

CATALOGUE

DE

DESSINS ‑ TABLEAUX

Gravures

SCULPTURES

Objets d'Art

DONT LA VENTE AUX ENCHÉRES PUBLIQUES AURA LIEU

HOTEL DROUOT — SALLE N° 10

Le Mardi 27 Novembre 1906

A DEUX HEURES ET DEMIE

———

COMMISSAIRE-PRISEUR
M· Raymond PUJOS
29 — *Rue de Maubeuge* — 29

EXPERT
M. Robert GANDOUIN
40 — *Avenue Wagram* — 40

Chez lesquels se distribue le présent Catalogue

———

EXPOSITION PUBLIQUE

Le Lundi 26 Novembre 1906, de 2 heures à 5 heures 1/2

La vente sera faite au comptant.

Les acquéreurs paieront 10 o/o en sus des enchères. .

L'Expert chargé de la vente, fournira tous renseignements sur la qualité et l'authenticité des objets.

Il remplira les commissions des personnes qui ne pourraient assister à la vente.

L'ordre numérique ne sera pas suivi.

DÉSIGNATION

TABLEAUX

DAGOTY

1 — Deux fort jolies petites peintures. Portraits de jeune femme.

> Exemplaire de la collection Cossé-Brissac.

DAVID DE HEEM

2 — Nature morte.

> Cadre bois sculpté.

DECAMPS (Attribué à

3 — Têtes de chiens.

> Etude.

DELALLER (N.)

3 — Le jeune berger.

BILCOQ

5 — Honni soit qui mal y voit.

> Peinture sur bois.

ECOLE ANGLAISE

6 — Portrait de jeune femme.

> A été reproduit par la gravure

ECOLE FLAMANDE

7 — Buveurs.

8 — Fumeur.

> Peinture sur bois.

ECOLE FRANÇAISE

9 — Hercule terrassant des serpents.

> Petite peinture.

10 — Portrait d'un général.

ECOLE FRANÇAISE XVIIIe SIÈCLE

11 — Chasseurs à la lisière d'un bois.

12 — Portrait du sculpteur Barye.

13 — Portrait du tragédien. L'Ainé.

14 — Portrait de Cambacérès.

> Peinture sur bois.

15 — Portrait d'homme.

> Peinture sur bois.

ECOLE FRANÇAISE 1830

16 — Petit paysage.

17 — Fillette tenant un nid d'oiseaux.

18 — Vue de la route de Versailles.

FIEDLING

19 — Faisan.

FRAGONARD (Attribué à

20 — Etude.

> Camaïeu.

GREUZE (D'après J.-B.)

21 — Le petit boudeur.

HERSENT

22 — Monsieur de La Roche. Dragon recevant un ordre du duc de Berry.

Esquisse originale.

HOLDFELD

23 — Princesse d'Orléans.

HULSDONCK

24 — Nature morte : écrevisses.

Cadre bois sculpté.

LAGRÉNÉE (Attribué à)

25 — Evêque renversant une idole.

Cadre bois sculpté.

LALLEMAND (J.-B.)

26 — Les Baigneuses.

Cadre bois sculpté.

27 — Le temple d'Etta.

LERICHE

28 — Panneau décoratif sur bois.

MIGNARD (Ecole de)

29 — Portrait d'homme.

Cadre bois sculpté.

SAUVAGE

30 — Cartouche.

Peinture sur marbre, exécutée pour la bibliothèque de l'Empereur à la Malmaison.

STELLA

31 — Le Massacre des Innocents.

Peinture sur marbre.

SURAY

32 — Marine.

VALLIN

33 — Baigneuses.

Peinture sur bois.

VAN GOORP

34 — Jeune enfant tenant un oiseau.

VIGÉE-LEBRUN (Attribuée à Mme)

35 — Cérès.

Cadre bois sculpté.

VINCENT (Attribué à)

36 — Portrait de Vernet.

DESSINS ET GOUACHES

BELLANGÉ

37 — Projet de monument pour un quartier de cavalerie à Paris.

Deux forts beaux et importants dessins aquarellés, multitude de personnages.

BOILLY

38 — Portrait de Mme Vincent.

Dessin à la pierre noire.

BOILLY (L.)

39 — Jockey.

> Etude.

BOILLY (Fils)

40 — Deux petits profils d'enfants.

> Crayon de couleur.

CARMONTEL

41 — Profil de jeune femme.

> Dessin au crayon.

CHARLET

42 — Le philosophe.

> Etude.

CHARPENTIER

42 — Le Déjeuner.

> Dessin à la plume rehaussé.

COCHIN

44 — Profil de femme.

> Dessin aux crayons de couleur.

DELHOMME

45 — Vues de Toulon.

> Deux aquarelles.

ECOLE FRANÇAISE

46 — Deux vues de Paris.

> Gouaches.

DESRAIS

47 — Vénus désirant l'amour.
Vénus prenant l'amour.

> Deux dessins à la plume.

EISEN

48 — Charmant petit dessin au crayon pour l'illustration.

GEORGETTE

49 — Profil de femme.

Crayon.

HALM

50 — Jeune femme lisant une lettre.

Dessin à la pierre noire.

HOUEL

51 — Le repos du pâtre.

Précieux petit dessin rehaussé de gouache.

HUBERT ROBERT

52 — Eglise en ruine.

Dessin.

LIATAR

53 — Portrait de femme.

A la pierre noire sur papier bleu.

MELLING. 1829

54 — Intérieur de parc.

Aquarelle.

MONGIN

55 — Deux gouaches.

NANTEUIL (C,)

56 — Allégorie.

Dessin à la pierre noire,

OLIVIER

57 — La lorgnette magique.

Dessin à la pierre noire.

PRAT (Désiré de)

58 — Portrait d'enfant.

Signé. Daté 1792.
Cadre bois sculpté.

RANSONNETTE

59 — Intérieur du jardin turc.

Dessin gouaché.

RIGAUD (J.)

60 — Le Fort-Saint-Ange.

Dessin rehaussé.

ROBERT (Attribué à H.)

61 — Le lavoir.

Dessin aquarellé.

STORELLI

62 — Plan de la ville de Rome.

Gouache.

63 — Etat de service de Monsieur Branche.

Curieux document militaire, illustré de miniatures ;
exécuté sur parchemin.

GRAVURES

ALIX

64 — Michel Lepelletier.
Joseph Challier.

Deux gravures en couleurs.

ALKEL (H.)

65 — Courses.

Deux gravures.

BOILLY (D'après)

66 — L'Optique.

Gravure par CAZENAVE.

MORLAND (D'après)

67 — Winter Morning.

Gravé par WILLIAMSON.

NANTEUIL (C.)

68 — La chanson.

Gravure belle épreuve.

ROWLANDSON (D'après)

69 — Les cris de Londres.

Gravure coloriée.

SCOTT (Par et d'après Ed.)

70 — Portrait de G A. Frédéric, prince régent.

Gravure anglaise.

VERNET

71 — Gravure des modes parisiennes.

72 — Vues de Sainte-Geneviève.

Quatre gravures. Cadres anciens bois sculpté.

MINIATURES

NORMAND

73 — Portrait de Madame Dufleuve.

Miniature.
Signée, datée 1853.

VESTIER (Attribué à)

74 — Portrait.

Miniature.

EPOQUE EMPIRE

75 — Portraits de femmes.

Deux miniatures rondes.

EPOQUE LOUIS XVI

76 — Portrait de jeune femme.

Petite miniature.

77 — Homme tenant un livre.

Miniature.

78 — Portrait d'enfant.

Portrait d'homme.

Deux petites miniatures.

79 — Minet.

Fixé sous verre.

EPOQUE EMPIRE

80 — Portrait d'homme.

Miniature ovale.

81 — Lot de miniatures anciennes.

SCULPTURES

ÉCOLE FRANÇAISE

82 — L'enlèvement d'Europe.

> Terre-cuite.

ECOLE FRANÇAISE XVIIᵉ SIÈCLE

83 — L'hiver.

> Terre-cuite.

EPOQUE EMPIRE

84 — Souvenir d'Italie.

> Bas-relief. Bronze.

85 — Buste d'enfant.

> Marbre.

EPOQUE DE LA RÉGENCE

86 — Renommée.

> Statuette en bronze.

FAUCON

87 — Jeune homme.

> Bas-relief plâtre.
> Signé, daté l'an XI.

GRAILLON

88 — Types de vieux marins.

> Deux statuettes terre.
> Signées et datées 1844.

HELLER

89 — L'amour.

> Bas-relief en bronze. Epreuve d'artiste.

PRADIER (D'après)

90 — Le panier percé.

Bronze.

VASSELOT (A. de)

91 — Bas-relief en bronze représentant Sa Majesté la Reine des Pays-Bas.

Original exécuté en bronze à Paris. Juin, 1877.

92 — Buste d'homme en biscuit.

Socle marbre et bronze.

93 — Esquisses pour la décoration de l'Arc de l'Etoile.

Deux bas-reliefs. Plâtre.

94 — Buste de La Malibran.

Terre cuite (avec pièce documentaire).

95 — Sainte. Fin du xve siècle.

Statuette. Marbre fracturé.

96 — Profils de Delacroix et de Géricault.

Bas-relief. Marbre.

OBJETS D'ART

97 — Bas-relief : L'Empereur et l'Impératrice. Biscuit.

98 — Bouddha assis sur un lotus avec ses amulettes.
Deux bouddhas, dorés.
Un bouddha assis.
Un bouddha avec turquoises.
Un bouddha, bronze, xviiie siècle.
Un Confucius, bronze.

Une divinité et ses amulettes.
Deux petites divinités.
Quatre dieux debout.

99 — Brûle parfums. Bronze chinois. xviiie siècle.

100 — Coupe en bronze gravée. Travail indien du xviiie siècle.

101 — Deux colonnettes Louis XIII. Cristal de roche.

102 — Divinité chinoise. Ivoire. xviiie siècle.

103 — Epoque Empire. Casque provenant de l'atelier de Thomire, pour la pendule des Horaces. Bronze.

104 — Etui de montre en galuchat. Époque Louis XV.

105 — Lot de boîtes anciennes.

106 — Médaillon en cire, femme en costume du xvie siècle.

107 — Petite mosaïque florantine. Oiseau. Epoque Louis XVI.

108 — Petite trousse de dame de l'époque Louis XVI en maroquin rouge avec gravures sur satin à l'intérieur.

109 — Portrait et cadre. Travail exécuté en cuir.

110 — Socles et pièces en bois sculpté. Travail chinois ancien.

111 — Statuette en bronze : Vénus. Epoque Empire.

112 — The Royal Menagere. Caricature sur Charles X. Imprimé à Londres, 1831.

PORCELAINES ET FAIENCES

113 — Capo di Monte. Haut-relief.

114 — Castelli. Coupe décor polychrome. Combat de tritons.

115 — Vieux Japon. Plat rond, décor polychrome rehaussé d'or.

116 — Vieux Strasbourg. Deux petits cache-pots. Epoque Louis XV.

117 — Vieux Marseille. Deux plats rond décor à fleurs polychrome.

118 — Vieux Moustier. Grand plat ovale décor polychrome.

119 — Niedervillers. Allégorie mortuaire.

120 — Saint-Clément. Deux grands lions décoratifs.

121 — Sous ce numéro. Dessins, Gravures, Objets d'art.